JN224770

進化の地平線
1011C

吉田正敏
YOSHIDA Masatoshi

文芸社

目次

プロローグ

僕の頭の中には小さい時からの未だに解けない謎が二つあります。

一つは「神様の存在」です。

よく母親から「悪い事をしても神様はちゃんと見ていますヨ」と言われた事です。という事は悪さをするとこちらから神様が見えると勝手に考えたのですが、わざと悪さをしてもいっこうに見られている気配はないし、未だに見た事がありません。

ある時友達とお寺のビワの木に登って実に手をかけた時、下からご住職が「そんな事をすると仏様に見られていますヨ」と、優しく叱られました。

悪さを見られているのは神様と同じという事は、神様＝仏様（？）とガキの頭の中が混乱していた時、ご住職から「こちらに来なさい」と本堂横の自宅につれていかれました。

チョッと説教された後、奥さんがビワを剥いてお皿に載せて食べさせてくれました。

それからはガキの頭の中で見事なまでの三段論法で、お坊さんが優しい神様と思い込んでいました。

大人になるにつれて「お坊さんが神様」という定義は薄れていきましたが、大きな意味では間違っていない様な気がします……。

二つ目は宇宙の果てです。

男の子なら一度はかかる〝ナゼ、ナゼ病〟です。

中学一年生の時、ボール紙を丸めた筒に対物―接眼レンズを取り付けて木星の惑星を見た時の感動は今でも忘れられません。

ガリレオも手製の天体望遠鏡で木星の惑星を見て感動したのですから、僕とガリレオは同じ感動を共有した事になります。

今は既にありませんが渋谷の五島プラネタリウムの売店で買った『宇宙の進化』という本を擦り切れる程読み返しました。

この本は今でも宝物ですが、驚く事に人類はまだ月の裏側の状況がやっと判ったくらいです。

それでも太陽系は銀河の中にあり、更にその先にアンドロメダ、そのズーッと先に宇宙の果てがある事を教えてくれましたが、宇宙の果てがどうなっているかは教えてくれませんでした。

一体宇宙の果てってどうなっているんだヨ！

偉い天文学者さんが書いた数式を見ますと、学生時代授業で逃げまくった〝非線形代数や多重積分〟が書かれた黒板の後方遥かな彼方にある事だけはしっかり判りましたが……。

どんな形をイメージして良いか？　僕の頭ではサッパリ判りません。

どなたか僕の頭でも判る様に絵に書いてくれませんか？

第1章　青空の彼方に

地下鉄市ヶ谷駅の階段を上がり、外に出て大きく背伸びして空を見上げると、宇宙に吸い込まれる様な雲一つ無い青空でした。

目を凝らすと、やっと見えるか見えない様な遠くに銀色の豆粒みたいな物が静止しています。

随分高い所に浮いているナ〜。

アレ、何だったけ……？

気象ゾンデとか言うやつか？

他に気づいている人もいないというか、ビルの谷間の空を見上げるなんて事誰もしないもんナ〜。

「俺、今日ＵＦＯを見たゾ」なんて酒の肴にするのも面白いかな？

あんな小さなのはスマホで撮れないナ。

アッ、いけない！　十三時までに防衛省に行かなくてはと、現実に戻り少し速足で向かいます。

防衛省の入り口で入門証に記入していると、正門の向こう側で何人かが双眼鏡で空を見上げています。

そう言えば、さっきより随分低いところまで降りてきたナ。

アッ、そうか……防衛省で上げた浮遊装置なのかナ？

と、色々推測しながら庁舎の中に入ると何人かの隊員が走りまわり、何かバタバタしています。

アレッ？　と思いながら陸幕のドアを開け担当者の机の前に座り「何かあったのですか？」と聞いた所、「レーダーに映らないらしいですョ！」

「映らないって、あの浮遊装置ですか……」

「レーダー管理室は大騒ぎになっています」

そうか、防衛省のものではないのか……だとすると、やはりUFO？

「防衛省の真上で停止するなんて大胆不敵ですネ！」

緊急事態の様だったので、仕事の話はそこそこにして表に出て会社に戻ろうとした時、浮遊物体は音も無くスーッと高度を下げながら南西の方角に移動して行きました。

8

第2章　「１０１１C」に生きる

開発報告会議――

「皆さんもご存じの通り、我が社は長年知的生命体を開発して来ました。社内外の意見を頂き、ここに実用化する事に決定いたしました。
それでは知的生命体の開発目的を説明いたします」

１．知的生命体型式：ＲＭ１（男性）
：ＲＷ１（女性）

２．開発目的
我々の惑星（００４６Ａ）に極めて近い環境条件を有する惑星にサンプリング投入し、進化の過程を見極め、現在、抱えている種々の問題が過去どの様なプロセスで発生したのか確認する。

これの是正措置の検討と、将来起こりえる問題を推測する。

3．ＲＭ１及びＲＷ１繁殖先惑星番号

銀河系１０１１Ｃ

「１０１１は生命が存在していると観測された惑星を有する恒星番号です。Ｃは第３（Ａ→Ｂ→Ｃ）を現しています。つまり第３惑星という事です。それでは知的生命体の概要を説明します」

Ａ　生殖能力を有している。

Ｂ　感情能力も有している。

「つまり、交尾をすることで子供を宿らせ出産し子孫を作る事ができます。またＤＮＡ構造を我々と同じにしましたので、お互いが恋愛感情を抱きさえすれば我々の開発プロジェクトメンバーと結婚し子供を作る事も可能です。

つまり遺伝学的には見分けが付かないという事です。

ただ、我々の知能レベルとＲＭ１、ＲＷ１とはかなり違うので、後で話しますが我々が開発した知的生命体を定期的に観察（調査）する調査員の知的能力を相手側に合わせ、一時的（0046Aに帰還する迄）に低くしてから現地に行ってもらう事になります」

「もっとザックバランに会議を進めようぜ！」

「早い話、我々が開発した知的生命体がステキで魅力一杯の女性、男性に開発できたという事です」

「オイオイ、本当かヨ！　それは楽しみだナ〜。

チョット待てよ！　ということは妻帯者が行っちゃマズイよナ！

俺みたいにカミさんと子供に手を焼いている奴なんか、直ぐにでも志願しちゃうよナ！」

「そこは運用上の話ですのでじっくり身辺調査させて頂きますヨ……（一同大笑）」

「このプロジェクトのメンバーを見ると、ほとんど独身者だけど向こうのかわい子チャンに一目ぼれして、こっちの彼女に悲しい思いをさせるんじゃないゾ！

でも、何千光年先の彼女に愛情を注ぐのもなんかロマンチックだよナ〜」

「で、知的レベルを下げる大きな目的は？」

「調査員を疑う訳ではありませんが、向こうの世界を征服してしまおうとする欲望が出でくる可能性がゼロとは言えませんよネ！

ここで皆様に認識して頂きたいのは、調査員といかに姿恰好が同じでも、我々が開発した知的生命体が進化した向こうの世界から見れば外来種だという事です！

アッという間に外来種が在来種を征服する事は皆さんご存じだと思います。

征服理由で大きなのは生命力だけではなく、知的能力に大きな差があった場合も起こりえる可能性はあります。

純粋な恋愛感情で結ばれるのは大いに歓迎しますが、向こうの世界を征服してしまおうとする欲望は絶対回避すべきです！

但し、まだ統計的に完全に解析出来ていない部分があります。君たちの知的能力を如何に低くしても、お互い愛しあって出来た子供の知的能力が同等ではないという事です。

そうすると、五十万分の一くらいですが知的レベルが高い、つまり「天才」が生まれる可能性があります！　アインシュタインも、その一人かもしれませんネ！

といいましてもこちらの世界の様に道具や材料などはありませんので、発明、開発レベルはまだまだ限定的な範囲となります。

しかしながら、例えば電気を必要とする装置やシステムはそのまま動かせませんが、その前段階の電気を何とか作り出そうと知恵を絞り出したりすると思います！

さらには、病気に立ち向かう薬に代用できる方法を探し出そうとするなど、必然的に天才は出て来るハズです。

また、美術や音楽はそれほど進化していないツールを使用している事から、こちらの天才と遜色の無い能力を有する可能性は十分あります。

むしろこちらより感性豊かな天才が出る可能性はあるかもしれません！

一番脅威となるのはツールなんか必要としない理論を提唱する天才が出る事です！

物理、数学などの高度な理論を論ずる学者は必ず出現すると確信しています。その理論が検証されるまでは多くの時間を費やす事になるかと思いますが……」

「それはそれで理論が更に高度化するのではないのかナ〜？」

「エンジニアにしましてもツールが無い不便さを補う創意工夫で加速度的に技術を進化させる事と思います。

これは反省となりますが、最新技術のツールが溢れかえりＡＩに任せっ放しになってしまった００４６Ａで生きている我々より、柔軟で感性豊かな能力を発揮すると私は確信しています。

１０１１Ｃに派遣された調査員が、不便ながら創造の世界が広がっている１０１１Ｃで腕を振るってみたくなるのはエンジニアの本能かもしれません。

もしかしたら１０１１Ｃに自分の生涯を捧げ、恋愛感情を抱いた素敵な相手と燃える様な恋をして結ばれて子孫を増やすかもしれませんが、ボス（社長）は理解してくれると思います！

むしろボスはそうなって欲しいと考えているのかもしれませんネ？」

「所で、ＲＭ１とＲＷ１と調査員を１０１１Ｃに運ぶ手段というか、乗り物はどの様なものなんだい？」

「多少ビンテージっぽいですが、居住性、運動能力に優れた円盤型になると思います。ただ、１０１１Ｃや他の惑星住人との接触の障害にならない様にレーダーやソナー等の感知装置に感知されない機能を有しています」

「どの様な原理なのか説明してもらえるかい」

「若い方々は知らないかと思いますが、頭の中でイメージさえすれば製品が作れる現在と違い、大昔は図面を書くのが物作りの基本でした。

その図面を書くのにＣＡＤというツールがあります。

これはレイヤー（画層）を重ね合わせて、見かけ上の構造形を作成し、図面を作る手法です。

この考えを利用して（画層）の代わりに（時空層）を重ねていますので、形は見えますが感知されない事になります。

マア、言ってみれば蜃気楼を見ている様なものですかネ」

「最初から見えない様にしたほうが、トラブルが起きないのでは？」

「それも検討しましたが、出会い頭の衝突の可能性がある事と、後で説明します様に〝神を予感させる〟時に有効ではないかという意見が多く出たので見える様にしましたが、スイッチ一つで見えなくする事はできますので取りあえず様子見といたしました」

「１０１１Ｃの方々にとっては、あれは何だ？　と、色々想像する楽しみになるかナ？

自分たちの技術が一番だとの〝うぬぼれ〟を一喝するのも良いかもしれないネ！」

「さて、ここでもう一つ大きな目的があります。

これは我々にも脅威となる事ですが、ＡＩを何処まで制御できるのか？

ある意味ＡＩは既に在来生命体の頭脳をはるかに超えています。各国が連携してＡＩの適用ルールを遵守出来るのは平時だけであり、戦争が勃発してしまうとそんなルールなんて無視され、戦争当事国はＡＩを可能な限り進化させてしまい、気が付くと自分たちで制御出来ない状態に陥ってしまいます。

そうなるとＡＩ同士連携して邪魔な存在を排除しようと考えだします。

その中に在来の生命体が含まれるのは間違いないでしょう！

殺人ＡＩを搭載したロボットにとっては腐食性ガス以外の酸素その他生命維持の大気

なんか必要ありませんから、全世界的な核戦争を引き起こしてお構いなく生命体を絶滅させてしまうと考えられます。

我々の惑星００４６Ａは過去の過ち、つまり地域紛争からＡＩが暴走しだす寸前に非常停止を掛ける事ができ、危うく世界レベルの核戦争に拡大する危機を回避できたのは、まさに奇跡でした。

この事は歴史の本に書かれている通りです。

この反省から我々の惑星（００４６Ａ）は民主主義をプラットフォームとした〝一国無宗教〟制度を採用した経緯があります。

本来宗教は心の癒しを目的として布教されたハズなのですが、ほんの一握りの独裁者の過ちで人民を戦争という殺人ゲームに駆り立てた事から、少し極端ですが無宗教としています。

もしかしたら宗教は必要なのかもしれませんネ？

話が少し遠回りをしてしまいましたが、１０１１Ｃに送られたＲＭ１とＲＷ１の子孫がＡＩをどの様に制御するのか？

このプロセスを００４６Ａに活用する事も目的の一つとしています。

何しろＡＩが在来生物を超える最大のチャンスは戦争です！　敵に向けていた銃口を

回れ右して味方の指令部を攻撃すれば良いだけですからネ！　その後核攻撃のボタンを押すだけですから！

　先に言いましたがＡＩにとっては後の生活環境なんかお構いなしです……。ＡＩが引き起こした核戦争は、惑星消滅に匹敵する程の壊滅的な結果となるでしょう！」

第3章　神の定義

「ここで今回のプロジェクトで一番重要な話をさせて頂きます。

それは神の存在と宗教です。

我々の惑星００４６Ａには神を信じる者は誰もいないと思います。

という事は宗教も存在していません！　但し、宇宙全体で見るとこれが正解なのかは、残念ながら現在の科学では証明されていません。

我々は銀河系の一部のゾーンで知的生命連鎖の頂点に立っていますが、隣のマゼラン、アンドロメダ星雲の中には更に知的レベルの高い知的生命体が存在し、００４６Ａに〝神の存在は無い〟とするプログラムでＲＭ１やＲＷ１の様な知的生命体の進化確認のサンプル、つまり我々の先祖を送り込んでいたのかもしれません。

まさに宇宙全体では無責任な言い方ですが〝神のみぞ知る〟かもしれません！

我々００４６Ａにいる者が宇宙全体での知的生命連鎖の頂点に立っていると思っている事自体が、単なる〝うぬぼれ〟かもしれませんネ？

神の存在の有無を科学的に証明するには、まだまだ時間が掛かりますヨ！

さて、１０１１Ｃに送り込むＲＭ１とＲＷ１に神の存在をどう意識させるか説明させて頂きます。

入念な事前現地調査の結果、二人を送り込む地域には二人を襲う肉食獣は存在せず、気候的には温暖で食物とする動植物は十分あると確認されています。

二人を襲う最大の脅威は〝孤独感〟です！

如何に愛し合って結ばれる二人とは言え、子供が生まれるまでは二人きりですからネ！

そこで二人の心の片隅に心理的な寄り処をプログラムする必要があります。

神という名前が適当か判りませんが、心に安心感を与えるプログラムです。

猛烈な孤独感は二人の心を蝕み、精神的な病になってしまうのは眼に見えていますよネ！

何しろ医者もいない、薬も無い状態から子孫を増やすのは想像を絶する戦いとなります。

心の寄り処は神というより、〝心理的なカウンセラー〟とでも言った方が良いかもしれません。

何らかの理由でＲＭ１、ＲＷ１の片方が命を絶ってしまったら、今回のプロジェクトは失敗となってしまいます。

とは言え、二人が百％神を信じてしまうと科学技術を軽視してしまい、文明、文化発展の足かせとなってしまいますので、注意したい所です。

科学技術を信じないというより、必要性を実感するまで多くの時間を費やしてしまうと理解して下さい。

但し、子孫の中には、プログラムとして構築した心の寄り処を、感覚的な真理として追究しようとする立派な方（高僧）が現れると思います。

我々では想像さえ出来ない膨大な時間と修行によって、移植したプログラムを真理として解読し、境地を開こうとする立派な方々です。

つまり深層真理を神と仮定して広く布教する結果、１０１１Ｃで暮らす方々が呼ぶ「宗教」となるかもしれません。

ただ多くの方が宗教を布教した時のデメリットは考えなくてはなりません。シミュレーションによりますと、布教地域が他国まで拡大した時の危険度はかなり高い数値を示しています。

読み解くと境地を開いた方は純粋に布教し、国民の心の豊かさを広げて行くのですが、他国まで広まると本来は同じ目的で布教した真理に対して、誤解や理解度の違いから他の宗教は正しくないと決めつけてしまう可能性があります。

一番怖いのは宗教の違いで勃発した争いが戦争規模まで拡大してしまうと、互いに自分は神の大義で戦っていると思い込んでしまう所です！

これを「聖戦」と定義してしまうと、もう手が付けられない状態になると思います。

更に他国が利害関係で関与した時には、それに輪をかけて危険な状況となるのは明白です！

〝本来神は戦争で人々が傷つく事なんて絶対望んでいないのですからネ！〟

もう一つ心配な事は壮絶な修行や真理の追究もしないで〝これは金になる！〟と偽（カルト集団）宗教を布教する輩が現れる事です！

１０１１Ｃに我々は既に手を出す事が出来ませんので、時間は掛かるかと思いますが自然淘汰される事に期待するしかありません。

この様な輩を強制的に規制するより、心理的に弱い部分を無くす豊かな文明、文化を創り出す、選挙によって選ばれたリーダーが出現する事を信じましょう！

さて、実質的な運用を考える『企画会議』ですが、ＰＬ（プロジェクトリーダー）は大沢さんにお願いいたします」

第4章　時空を超えて

飛翔体の高度が下がったせいか、多くの人が空を見上げています。

大勢の人がスマホで撮影しています……。

酒の肴にしようと思っていたが、それどころではないぞ！

しかし防衛省のレーダーに映らないとは？

あれは東側諸国が開発した物体という事か？

北朝鮮にそんな技術があるとは思えないし？

「俺たちは日本の防衛力が及ばない技術で頭の上から何でも落としてやるゾ！」と、脅しをかけているという事か？

それとも防衛省のレーダーの感知能力が低いのか？

北朝鮮が発射する飛翔体の発表は、何時も韓国や米国から発信しているからナ〜。

米国からの発表はあったのかナ？

市ヶ谷駅に付くと謎の飛翔体の話題でガヤガヤしていた。

「あれＵＦＯだよナ！」

あれだけ大勢人が見ていたとなれば、簡単には錯覚だとかデマですでは説明しきれないよネ！

夕刊の見出しが楽しみだぞと、頭の中が「?」マークで一杯になります。

そうこう考えているうちに青山一丁目駅に着いたので階段を駆け上がると街中騒然となっていました。

エッ、エッ、嘘だろ！　何で？　俺の会社の屋上の上に円盤が浮いているんだヨ！

防衛省の上から南東に移動したやつか？

東側陣営が開発した物体と思っていたが、うちの会社がいつの間にか開発していたなんてとても信じられないと、驚きながら人垣をかき分けて会社の前に来ると、大勢の警官に大声で「危険ですから離れて下さい！」と押し返されます。

パトカーは走り回り、自衛隊のジープは待機しているやら！

まるで映画のゴジラが上陸した時みたいだ！

自衛隊じゃゴジラには敵わないよネ。

確か東海道品川の八ツ山橋に「ゴジラ上陸の地」と書かれた碑があった記憶があります。アレが第一作の映画ゴジラ時の物だったとしたら？

俺の記憶では以後映画の中で、自衛隊だけでゴジラをやっつけたためしはありませんヨ。

　とにかく中に入ろうと押し問答の末何とか会社に入ると、女子事務員は急いで外に避難しているのに、技術系の社員はむしろ階段を上がって行こうとしています。「表面温度計は無いのか？」「早くビデオ撮影の準備をしろ」「研究所に連絡して必要なものを取り寄せろ！」と、避難する様子なんか全くありません。

　下からは警察が「何をしているんですか！　早く退避して下さい」と大声で連呼しています。

　それを見ていた社長が、嬉しそうな顔をして秘書の佐藤さんに「全くアイツラ怖さより好奇心の方が強いんだヨ、黙っていたら何とかして乗り込んじゃうゾ！」と言いながら、「社内放送の準備をしてくれないか」と頼んだ後、「全員急いで退避する様に！　これは社長命令だ、屋上の連中も一時退避する事」と伝えました。そして佐藤さんに「俺は後から行くから先に退避して下さい」と言ったあと、ゆっくり椅子から立ち上がり屋上に行く準備をしだしたのです。

「社長危ないですヨ！」と心配している佐藤さんに、「大丈夫、大丈夫、あいつにチョッと用があるから」と言い残して缶コーヒーを二本持って屋上に上がって行きました。

　やはり、佐藤さん、社長の事が心配らしく、感づかれないように社長の背中を追いながら階段を上がり、屋上に出るドア陰から様子を見ています。

社長が屋上に上がると円盤の底のドアが開き、姿恰好が同じ様な男性がスーッと降りてきました。

「ご苦労様、００４６Ａの調査員だろ？」と社長が尋ねると、

「ハイ、１０１１Ｃの調査レポートを頂きに来ました」と男が答えた。

「レポートはこのカプセルに入っているから後でゆっくり見て下さい」と言って社長はカプセルを手渡すと、「マア、そこに座ってくれよ」と、缶コーヒーを手渡しました。

「煙草は吸わないのかい？」

「私たちの星では禁煙なんです」

「アッ、そうか！　君たちの星では民主主義をプラットフォームとし、そして〝一国無宗教〟を制度化したんだったネ。あれは賢い判断だと思うよ！

良いものはヨイ、駄目なものはダメ、と言えない何処かの星の政治家に聞かせたいヨ。

大気汚染を論じながら未だ自分たちの〝肺内汚染〟の最大原因であるタバコ一つ禁止出来ないのだからネ」

「確か１０１１Ｃでのお名前は本間宗一郎さんでしたネ。どうですか？　１０１１Ｃの

印象は」

「良い惑星だよ！　色々解決しなくてはならない大小様々な問題はあるけれどネ……。それはともかく、この会社は素晴らしい会社になったヨ！　君たちも上から見ていたと思うがエンジニアで一番大事な好奇心の塊の社員ばかりで、黙っていたらハシゴをかけてでも乗り込んじゃったゾ（笑）」

「小さな町工場時代から拘わらせて頂きましたからネ。大変な苦労はしたが、こんな面白い経験ができたのは幸せでしたネ！」

「本当は００４６Ａの君たちも、うちみたいな会社で腕を振るいたいのだろ？」

「その質問にＮＯと言うのは難しいですネ、カプセルを届けたらボスと相談してみます。００４６ＡはＡＩに任せっ放しですから、今回のプロジェクトの目的の一つに技術開発は原点に返って想像力を磨けですから、何かワクワクして来ます。

所で宗一郎さん今後はどうしますか？」

「答えは判っているんだろ？　１０１１Ｃに骨を埋めるというか、ＨＯＮＭＡの素晴らしい仲間たちと最後まで仕事をさせてもらうよ！

それは良いけれど、もう少しスマートな方法で来て欲しかったヨ！　明日からメディアの質問攻めにどう答えてよいか頭が痛いヨ」

「スイマセン星雲間移動用母艦しかなかったもので……」

「あれじゃ焚火を消すのに消防車が来たのと一緒だよ。直ぐに防衛省と米国が武器として運用ができないか質問攻めに来るのは眼に見えているヨ！

マア何とかするヨ、全て企業秘密とでもするか……これから自動車業界は環境の温暖化を防ぐために全力投球しなくてはならないからネ！　心遣いは１０１１Ｃの方が勝っているネ」

「そう言われると返す言葉がありません……。

先ほど言いました通り、００４６Ａでは全てＡＩに任せっ放しですから心を使う能力が退化してしまったと思います」

「技術者が好奇心の塊の会社はＨＯＮＭＡだけではないヨ。トヨタさんやＭＯＲＯＯＫＡさん、そしてＫＡＴＯさんだって同じだヨ。お互いライバル関係でありながら相手を尊敬し、世の中の暮らしを良くしようと頑張っている仲間なんだヨ！

所で君は蒲田に行った事はあるかい？」

「イエ、まだ行った事はありません」

「今度１０１１Ｃに来た時には是非見て来て下さい！　こちらでは〝町工場〟と呼ばれている物作りの原点そのものだからネ！

額に汗して、油まみれになりながら工作機械と会話をし、格闘している姿を見れば理解できると思う。

君たちの惑星ではその様な生産システムは大昔に無くなっているからネ……見るだけではなく、しばらく修業すれば油の匂いが心地良く感じる様になる。これが一人前の技術者というものだヨ！

それは良いけれど、今度来る時は誰にも見つからない様にスマートに来てくれヨ。

００４６Ａに戻ったら、ボスに宜しく伝えて下さい。ＲＭ１とＲＷ１とその子孫は素晴らしい惑星にしてくれましたと！」

第5章　ヤンチャな連中

企画会議――

「企画会議のPLに指名されました大沢です。宜しくお願いいたします。というよりヤンチャな君たちを扱えるのは僕しかいないと、座長を任されてしまいました。

マア、皆さんとは昔からの顔見知りですので、ここはザックバランに会議を進めましょう。

全体の流れとしましては、この会議でチームリーダーを決めさせて頂き、それぞれが実務部隊とワーキンググループを作ってRM1とRW1を1011Cに送り出す事です。

送り出す期限は本日から概ね二年六か月でお願いいたします。

細かい部分のプログラムは既に移植済ですので、我々は……
1　困難に立ち向かう勇気
2　お互いを思いやる愛情

のシステムプログラムを構築いたします。

便宜上、プログラムという言葉を使わせてもらっていますが、我々と同じ肉体と感情を持った兄弟みたいな知的生命体です。プログラムではなく意識、記憶を脳に移植すると思って下さい。〝ロボットではない！〟という事を改めて認識して下さい。

また、二人を送り出す前に素敵な名前を考えましょうヨ！

先ずは、

『1　困難に立ち向かう勇気』

を担当して頂くのを高倉さんと谷口君にお願いいたします」

「高倉さんは頑固過ぎますヨ」

「多少頑固過ぎる所はありますが、親分肌で面倒見の良い所は魅力ありますよネ～

また、皆がギブアップした時でも、オラ、オラ！　それよこせ！　と、多少怖い面もありますが、必ずやり遂げてくれる所は正に適任だと思いませんか？」

「大沢さん良い事言うな～、お前ら判ったか！　俺はただ怖いだけじゃないんだヨ。

所で、伊口君と吉野君は大失恋したんだろ！」

「エッ、エッ、何で知ってるんですか？」

「このプロジェクトメンバーで知らない奴は、誰一人いないヨ」

「誰がリークしたんですか……？」

「誰が見たって、あの落ち込み様は失恋しかないヨ」

「マイッタナ〜」

「どうだい愛を失った事で、愛の大切さが身を染みて判ったろ！　そこで君たちには、『2　お互いを思いやる愛情』を担当してもらおうと思います。

女性側の担当者は田村さんと、阿部さんにお願いいたします」

「田村さんですか？　お前デリカシーが無いからナ〜！」

「バ〜カ！　お前らがガキ過ぎるんだヨ！」

「まあまあ、仲良くやってくれヨ！　ヤンチャな君たちだから、いたずらプログラムを張り付けるのは判ってるよ。あえてNOとは言わないが、皆がクスクスと笑う様な範囲でお願いするヨ！
ナ、金子君」
「エッ、何で僕なんですか……」

「お前さんだろ、調査員通信のサブプログラムに〝明朗会計スナック・カムカム〟と内緒でインストールしたのは……。１０１１Cでカムカムが開店するのは何千年も先になっちゃうヨ（笑）」

「大体の概要は理解したと思います一年半後ＲＭ１とＲＷ１を１０１１Ｃに送り出す計画ですので、その前に今回のテーマをどうまとめたのか確認いたしましょう。

但し、ＲＭ１とＲＷ１はこちらの世界を見てしまうと１０１１Ｃに着いて目を覚ました時、余りにも環境の違いから意識が混乱してしまいます。残念ですが眠ったまま冬眠カプセルに入った状態で君たちと会う事になります。

本当は、『行ってらっしゃい』と、握手をして声を掛けて、送り出したい所ですがネ！

何か質問はありますか？　何時もの様に大胆な発想で楽しんで下さい！」

第6章　愛と勇気

1011Cへの旅立ち――

「皆さん久しぶりです。

どうですか……？　チョッと難しいテーマだったと思いますが、上手くまとめましたか？

漏れ聞こえて来た情報では、かなり白熱した議論をしたそうだネ。

特に白熱したのは君たちが第二オフィスと呼んでいる〝赤提灯の片隅テーブル会議〟だったんだろ……」

「ハイ、その通りです。どうも素面《しらふ》ですと本音が出ないので、アルコールで脳を活性化させて遠慮なく意見を交換させて頂きました」

「さて、高倉組の方はどうまとめたのかナ？」

「困難に立ち向かう勇気を誰のために出すかを考えた時、先ずRM1（男性）は何があってもRW1（女性）を守る事を本能とする事にしました。何たって1011CでRW

１を守るのは一人しかいませんからネ！」

「大沢さん、高倉さんは女性を守れない様なヤツは男じゃないと、一歩も引かなかったんですヨ」

「如何にも高倉さんらしくて良いじゃないのかナ！」

「恥ずかしい話、我々の星００４６ＡはＡＩで女性を守る監視装置が街中に張り巡らされ犯罪は皆無となりましたが、本能として女性を守る心が退化してしまった様です！

　それとＡＩは頭で考える所は完璧ですが、心といいますか胸の内の想いを伝えるのが苦手ですので、勇気のサブプログラムに優しい嘘などＲＷ１に伝えるしなやかさも付加させてみましょう」

「二人しかいない世界でガチガチの心理関係では、女性は勇気を理解出来ず心から受け止めてくれないと思います。かなり恋愛チームとリンクする部分がありましたがＲＷ１を守るため傷ついたＲＭ１に優しく手をさしのべた時に二人は恋に落ちると思います。困難に立ち向かう勇気は二人で創る心の想いとしました」

「高倉さん結構ロマンチストだネ」

「大沢さん、チョッと違いますヨ！　高倉さん、コンセプトを決める際に『義理と人情』が男の心意気だと中々引かなかったんですヨ！」

「確かにその要素は必要かもしれないネ。進化の途中で義理と人情を秤《はかり》にかける場面は必ずあると思います。特にRM1のDNAにプログラムする時に考慮した方が良いかと思います。

ここはAIが一番不得意とする分野ですので我々の心で創りましょう！」

「さて、さて恋愛チームはどうまとめたのかナ？」

「高倉チームが殆ど手を加えてしまいましたので、より難しくなっちゃいましたヨ。しばらく二人きりで過ごすのですから、そう難しく考えなくても単に恋愛小説をそのままプログラムすれば良いかな？　と思ったのですが……。

そんなに簡単に愛の方程式が出来る様なら、我れ先に自分が使っていますよネ。二人きりですから、時期がくれば子孫は出来ますが、その前に二人が抱く女性観、男性観、そして恋愛観が健全な形ではないと心豊かな子孫が生まれませんからネ」

「なんで俺たちあんな辛い失恋したんだ～？　誰にも負けないくらいの愛情豊な女性観を持っていたと思っていたけど……」

「バーカ！　神様は失恋まで面倒見みてくれないんだヨ」

「大沢さん、田村さんこんな事言っていますが、プログラム組んでいる時、直ぐに涙を浮かべていたんですヨ、涙を……」

「こんな所でそんな話をするお前たちこそデリカシーがないんだヨ、デリカシーが！」

「まあまあ色々苦労話が出ましたが、二チームのＤＮＡ書き込みプログラムを聞くと、
１　男性は女性を守るのが本能。
２　困難に立ち向かう男性の勇気を支える女性の優しさが二人の愛を育む。
３　健全な女性観、男性観そして恋愛観を子孫に残す必要がある。
と、いった所かな？

さて、宿題にしていました二人の素敵な名前を考えてもらったかナ？」

「実はここが大変な議論となりました！

お酒が入りヒートアップしていますからネ、皆からは最近は流行りの二、三文字の何て読んで良いか判らない名前ばかり出ました。そのうち割り箸のミサイルは飛び交うは……まるで地域紛争ならぬテーブル紛争にまでなっちゃいました（笑）。

やっと息切れして冷静になった時に田村さんから、『この名前にしようヨ！』と提案され、それイイネ！　で決着しました。

しかし、ただ命名するのに戦争になりそうになるとは疲れました（笑）」

「で、二人の名前は？」

「RM1（男性）を〝アダム〟。

RW1（女性）を〝イブ〟。

そして1011Cを〝地球〟と決めました」

「素敵な名前じゃないか！

惑星に固有名詞を付けるのは初めてじゃなかったかナ？

皆さんは歴史で習ったと思いますが、戦争回避を目的として今の〝一国無宗教〟制度となりました。所が勢い余って氏名も国民番号にしてしまおうと、法律で決まっちゃいました！ 業務の効率化を優先したのは判るのですが、僕のひい爺さんがよく怒っていたのを覚えていますヨ」

「女を口説く時に耳元で国民番号を優しくささやいても洒落にならない！」

「マア、それだけではないのでしょうが流石にこの制度はすぐに廃止されたという事です。

しかしヤンチャな君たちが行き詰まっている時に田村さんの一言が何時も風穴を開けている様に見えますが……良い奥さんになりそうですネ！ ビビッと来た人が居るのではないのかナ」

「田村さんに～？ それはナイ、ナイ」

実は、田村さんと金子君は誰も知らないうちに結婚していて、神様から小さな命を授かっていました。

「さて、プログラムのバグ取りをしてＤＮＡに移植後、各モードにてシミュレーションを終わらせるのに約二年掛かると思いますので、二年後コントロールルームで会いましょう。

ただ、前に説明しました通りこちらの世界を二人に見せてしまうと目が覚めた時混乱してしまいますので、目を閉じたまま冬眠カプセルに二人を入れて見送る事になります」

アッという間に二年が経過し、冬眠カプセルの上ドアを開け仲良くならんでいる二人をみて皆、一瞬声を失ってしまいました。

「何て綺麗なんだ！　愛というプログラムをＤＮＡに移植しただけで、こんなに優しい顔になるんですネ」

まるで透き通っているみたいです。

まだ文明のチリというか汚れを知らないからでしょうか？

知らない間にスタッフの目に涙が浮かんでいます。

田村さんは金子君との間に生まれた子供の手を握りながら、カプセルに跪《ひざまず》きアダムに「絶対にイブを幸せにするんだヨ！」と、大粒の涙をポロポロ流しています。

ヤンチャなスタッフ全員が、千切れるほど手を振る中、アダムとイブは地球に旅立って行きました。

スタッフの背中を見ながらクールな大沢さんが、涙をこらえていた事に誰も気づいていませんでした。

歴史という川の流れにヤンチャな連中も遠い昔の記録として残るだけになりましたが……。

時々、〝ＵＦＯ〟とか〝ミステリーサークル〟そして〝ナスカの地上絵〟などヤンチャなプログラムが顔をだして、地球人に想像する楽しみを与えながら、《進化の地平線》へと進んでいきます。

第7章　進化の地平線

「１０１１Ｃに派遣された調査員の報告と我々の星００４６Ａとの進化経緯の比較を簡単にまとめてみました。

進化のスピードは悔しいですが、圧倒的に１０１１Ｃのほうが我々の星より早い様です。

それはＲＭ１（アダム）とＲＷ１（イブ）の潜在能力が我々の星の先祖より高い、つまりスタートラインが違った所にあったと思います。

譬《たと》えて言うと、ｙ＝ａｘ＋ｂのｂ（潜在能力）であるスタートラインの違いでしょうか？」

「そうだよナ～！　意外と先祖というか、足元の研究は過去の痕跡とか推測からしか出来ていないからネ」

「一世紀毎の時間軸で我々の星と比較してみますと、前半は一人の独裁者が他国を侵略して制圧しますが、深入りし過ぎたというか補給ラインが寸断されて敗北する所は我々と変わりません。

ただ、進化のスタートラインが違った事と、多くの民族、多くの宗教間での国内外紛争が多発して大戦争まで拡大するケースが圧倒的に多い所は００４６Ａとは大きく異なります。

そもそもあの小さな惑星にしては国家が多すぎますヨ！

その数に比例して多くの違った宗教が存在してしまった事で、各国民は神の意志で戦っているとの誤解から相手を理解しようとしないのが最大の原因ですネ。

また大戦争から大戦争までの時間が極めて短いため、なぜ戦争を引き起こしてしまったか？　の反省より、いかに軍事強国にすべきかに力を注ぐ事しか出来ず、同じ過ちを犯してしまった所が最大の原因と判断いたします。

この辺から我々の星との進化パターンが大きく変わった分岐点となっています。

もしかしたらＲＭ１の基幹プログラムの『困難に立ち向かう勇気』が極端な闘争心という形で細胞分裂してしまったかもしれません。

１０１１Ｃの最大の過ちは核爆弾を民間人に投下してしまった事です。

戦争の早期終結を目的としたとの大義はあったとしても、我々が把握している銀河系の知的生命体が存在する惑星では初めての事でした！

被爆国の驚異的な復興は眼を見張るものがありましたが、国民の心理的なダメージは原子力＝原爆との誤解から、その後のエネルギー開発の大きな足かせとなっています。

　この国の優秀なエンジニアが如何に安全性や効率の向上を目的として血の出る様な努力をしても、一部の耳をも貸さないヒステリックな反対派とそれに乗ってしまうメディアの存在は悲劇としか言えませんネ。

　そもそも１０１１Ｃのエンジニアは同じテーブルにつけば、〝それは難しい〟〝それは無理だ〟と言われれば言われる程、力を発揮する生き物なんですヨ！　同じテーブルにさえつかせてもらえれば……。

　戦争さえなければ、敢えて神様の領域まで手を出すなんて馬鹿な事は絶対しませんヨ！

　ここは平時でもクローン細胞の開発などを手掛けている研究者と大きな違いです。もし、核エネルギーが戦争より先に平和利用されていれば、核というイメージは大きく変わっていたと思います。

　そもそもアインシュタインは活用方法を懸念し、平和利用を望んでいたからこそ、マンハッタン計画に参加しなかった。ノーベルが開発した爆薬が先に平和利用された事で、戦場や民間人が暮らす市街で銃弾、砲弾そして爆弾として投下された時の犠牲者が広島、長崎に投下された核爆弾の犠牲者より圧倒的に多い事は、全く論じられずに〝ノーベル賞〟という煙幕の後ろ側に隠されている矛盾をどう理解すべきか……。

我々００４６Ａが基幹エネルギーとして採用しているのは、高速増殖原型炉『もんじゅ』を世界で初めてこの被爆国が開発しながら断念させられたものと概ね同じものです。核燃料は〝神のエネルギー〟と言われながら、戦争という名の触媒で〝悪魔のエネルギー〟となってしまいました。


１０１１Ｃの現時点での紛争地域の主戦略は、ドローンと兵士の戦いとなっています。塹壕に身を潜める兵士は、ドローンから投下される命の大きさと引き換えるには余りにも小さすぎる爆弾に反撃さえできず、愛する家族、恋人を残し、命の灯を消されてしまっています。

兵士に代わり戦闘ロボットが投入される事はある意味で正解ですが、戦闘ロボットに搭載されるＡＩが想像を絶する加速度で進化してしまう事に気がついていながら……もう誰に止める事ができません。

イヤ！　宗教という階層の上に本当の神がいる事を人類が気づけば、まだ間に合うかもしれませんが……。こんな小さな惑星で人類どうしが殺しあうのは神様の仕事ではありませんヨ！

今、１０１１ＣはＡＩに依存しようと大きく舵を切ろうとしています。異常なまでに地域紛争の多い１０１１Ｃで「神の知能」が「悪魔の知能」にならない事を祈るしかありません！」


１０１１Ｃ（地球）歴二〇二七年十月、調査員から緊急報告が入りました。

「１０１１Ｃが大変な事になっています！　今映像と大気分析表を送ります」

送られてきた映像を見て、コントロールルームが驚きでザワ付いた。

「東京スカイツリーが真ん中から折れ、街中が焦土と化しているぞ！」

「エッ、大気中の酸素が殆ど無く放射能が致死レベルの十倍以上の値を示している！

何があったんだ！」

「核戦争です！」

「人類が必要とする酸素まで消費させているとなれば、この核戦争はＡＩが仕掛けたと考えられます」

「地上から約一〇〇キロメートル程度の高さで、酸素が占める割合が僅か二十一％くらいしかない大気圏で地球規模の核戦争を起こせば、アッという間に酸素を消費してしまう事をヤツらは計算済だったという事か！　なんてバカな事をしてしまったんだ……。

パリオリンピックから、まだ三年しか経っていないじゃないか！

一番恐れていたＡＩが神の知能から悪魔の知能となってしまったのか……。

一握りの愚か者が引き起こした地域紛争が、僕がまだ若い調査員の時、熱く将来の技術を語り合った本間宗一郎さんが愛したＨＯＮＭＡとスタッフを一瞬に消滅させてしまったのか……。

『今度来る時はもっとスマートに来いヨ』

と、見送ってくれたあの笑顔が今でも忘れられません。

ＨＯＮＭＡだけじゃない！　豊かな暮らしを求めて一生懸命頑張って来た世界中の企業とそれを支えるスタッフと家族も巻き込んでしまったのか！」

「ボス……」

「聞きたい事は判っている！　このまま悪魔の知能と化してしまった戦闘ロボットを放っておけば、我々の星００４６Ａだけではなく、知的生命体が住む惑星を標的とするのは時間の問題です。

失敗だったナ〜。アダムとイブを１０１１Ｃに送り込まなければ、１０１１Ｃは緑豊かな水の惑星のまま多くの生命を育んでいたのに……本当に残念です。

鈴木君、〝反陽子爆弾〟を大至急準備して下さい。残念だけど１０１１Ｃを破壊しましょう」

「ボス！　光子ロケットに反陽子爆弾の弾頭を搭載するのはシミュレーションでは成功していますが、実際起爆するかはまだ検証されていませんが……」

「１０１１Ｃを焦土化させた戦闘ロボットの知能は予想出来ないほど進化していると考えられますが、ヤツらには生産技術が追い付いて来ていません。どんなに頭が良くても生産技術が追い付いてこなければ物作りは絶対できません！

ヤツらは１０１１Ｃの優秀な生産技術者が残した財産（設備、装置）を単に使用して１０１１Ｃを焦土化させただけです。その優秀な生産技術者まで抹殺してしまった事は、ヤツらの大きな誤算で墓穴を掘ってしまった事にまだ気づいていないと思います。

但し、他の惑星を攻撃のターゲットとした時、初めて生産技術の必要性に気づくハズです。それもヤツらなりに学習して進化させてきます！　まさにここからは時間との勝負となります。

鈴木君、一か月で光子ロケットに反陽子爆弾の弾頭を何とかセットして下さい。

実際起爆するかは一発勝負で行きましょう！　ここで皆さんに言いたい事は、エンジニアの一発勝負はギャンブルとは違います。皆さんの胸の中にしまってある想い、頭の中にある経験値と可能性を信じてヤツらに一発かましてやりましょう！

もし失敗したらヤッらは学習能力を駆使して反撃に出て来るハズです。その時、００４６Aはヤッらから守り切れるか？

これは全く未知数です。

まだヤッらは時空層でバリアされた光子ロケットを見る事は出来ませんが、可視化するパスワードもそう長くは守り切れないと思います。

なんとしても一か月以内に発射しましょう！

その前にもう一度１０１１Cの生命反応が無いかスキャンして下さい。人類は勿論、小鳥一匹でも生存していましたら、なんとしても助け出しましょう」


どうしても僕には理解できない事があります。

焦土化させた惑星をヤツラは何に使おうとしているのか？

ただ放置しているだけとは考えられません！

我々が知らない宇宙の何処かで、１０１１Cを知的生命体への攻撃拠点として考えているヤツが居るのか……。

それとも、地域紛争に明け暮れている愚かな人類に対して、神の意志で焦土化させたのか……？

「皮肉だな〜、今専守防衛の本当の意味がやっと判った様な気がします」

「１０１１Ｃ……どうか僕を許して下さい。

発射ボタンは僕が押します」

約二か月後、銀河の片隅に一瞬青白い光が寂しそうに輝き、ス〜ッと消えていきました。

＝ＥＮＤ＝

小説を書き終えて

東日本大震災から既に十年以上経ってしまいました。

しかしながら人それぞれでしょうが、ついこの間の出来事と胸にしまってあるのではないでしょうか？

神経質な問題なので多くは語れませんが、僕が設計しました「カメラ監視車」が微力ながらＦ１（福島第一原子力発電所）廃炉へのお手伝いをさせて頂きました事から、身近に原発に係わる方々と接する機会を得ました。

先ずは絶体絶命の状況から何とか最悪の事態になるのを必死に抑え込んだ、東京電力とその関係会社の方々に尊敬の念を抱いたのは僕を含め少なくないかと思います。

そんな原発廃炉に係わる方々と同じ宿（バリュー・ザ・ホテル広野）にまだまだ原子炉建屋が危険な状態な時からご一緒させて頂いた事が何度かあります。

夕食時の食堂で見る作業員の皆様の背中、十代の青年から僕よりご高齢のお父さんまで、頼もしいナ～の一言！

これは筋骨隆々といったものではなく「俺たちが原発で被害を受けた方々の生活と安全を守っている」という決意の大きさに見えました。

真夏の酷暑の中で防護服を着る辛さ、冬は海から吹き込む凍えそうな風の中で頑張っている背中に思わず「ありがとうございます」と心の中で呟いてしまいます。

１０１１Ｃに送り込まれたＲＭ１（アダム）にインストールされたプログラム「困難に立ち向かう勇気」を思わぬ所で見る事ができました。

著者

著者プロフィール

吉田　正敏（よしだ まさとし）

1950年東京生まれ。

小学校５年生の時、模型エンジン飛行機の図面を書き、エンジニアの道に幼い一歩を踏み出す。

高校二年生の生物の授業で“ダーウィンの進化論”を聞き、違うパターンの進化もあったら面白そうと考え、「1011C」の構想を練り始める。

成人になり、HONDA.SF に入社、“三度の飯より車いじりが好き！”という素晴らしい仲間と出会い、油まみれとなりながらエンジニアの道をまっしぐらに進む。

建設機械に興味を持ち（株）MOROOKA の門を叩き、個性豊かな会長、社長に支えられ“資材運搬車”の主任開発者となる。

“資材運搬車”は本来有事の時に築城資材を運搬する目的で防衛省に配備されたが、東日本大震災の復興に大活躍したことからウクライナに供与される。

進化の地平線 1011C

2025年４月15日　初版第１刷発行

著　者　吉田 正敏
発行者　瓜谷 綱延
発行所　株式会社文芸社
〒160-0022　東京都新宿区新宿１－10－１
電話　03-5369-3060（代表）
03-5369-2299（販売）

印刷所　TOPPAN クロレ株式会社

Ⓒ YOSHIDA Masatoshi 2025 Printed in Japan
乱丁本・落丁本はお手数ですが小社販売部宛にお送りください。

送料小社負担にてお取り替えいたします。

本書の一部、あるいは全部を無断で複写・複製・転載・放映、データ配信することは、法律で認められた場合を除き、著作権の侵害となります。

ISBN978-4-286-26339-7